4부

1부

거지의 품격

음식을 만드는 것은
삶이 풍요로워지는 성스러운 것
음식을 만들지는 못해도
맛을 볼 줄 알며
맛있게 먹어주는 것은
서로를 위한 상생의 조화

남들은 진수성찬 요구하지만
한술이라도
빨리 많이 먹어야 하는
생존경쟁이 몸에 밴
절박한 사연으로 살아가기에
일단 먹을 것이 생기면
뱃속에 거지가 들어있는 듯
사정없이 먹는 습관으로
주는 꽁 밥 마다하지 않고
맛과 질보다
양으로 승부를 합니다

풍요로운 냄새를 좋아하여
골목길 비린내 호떡집 돌아
자주 가는 식당 골목에 가면
이것저것 반찬을 모아
신 차원의 고급 뷔페 음식인
야무진 비빔밥을 만들지요
모양새가 개밥 비슷하여도
만든 자의 성의와
죽은 것에 대한 예의상
버리기보다는
이렇게 해결한답니다

인간은 내 버려둬도
때가 되면 예외 없이
알아서 죽어 가지만
살아남은 거지는
죽거나 자살한 영웅보다
훨씬 값진 존재이고
존재하기에 배가 고픈 것
인간은 밥심으로 살아가기에

밥 한술에 감격하고
밥 한술에 봄날이 되어
살아있음, 자체만으로도
행복을 느끼게 되는 겁니다

태어날 때부터 거지인 사람
어디 있을까마는
거지같이 거지로 살아온
얻어먹는 비렁뱅이라 해도
하늘이 나를 사랑하시어
나름대로 생존전략을 터득
이토록 질기게 살아남았으니
죽는다고 억울해하거나
별난 야심이나 미련이
있을 수는 없으며
현실도피도 아니고
삶의 포기도 아니기에
나 자신 처량해도
살아온 인생 살아갈 인생

삶에 대한 후회가 없으니
동정심 보단 공감을 원하지요

인간적 인격적 장애로
거지보다 못한 금수저보다는
육체가 편안한
자유로운 영혼 소유자로서
가진 것 없으니
무서운 것이 없으며
특별히 하는 일 없기에
탈이 날일도 없고 전 재산
밥그릇만 빼앗지 않으면
인간 모두 친구로 알고
날마다 비박과 노숙으로
아무것도 바라지 않는
진정한 무소유를 실천하니
추하다 해도 고아하게
웃고 싶으면 웃고
울고 싶으면 울고
배가 고프면 얻어먹으며

살아있음, 그 자체만으로도
인생의 승자고
죽는 것보다
잠시 쪽팔리는 것이
나은 것 아닌가요

누구나 공짜를 바라는
거지 근성이 있다 해도
거지로서의 덕목인
길눈과 애경사에 밝아야 하고
단순하게 얻어먹는 것조차
현장 체력이 강해야 하며
거지의 넉살과 눈치는
필수이고 능력이라
무관심과 눈총이 무서워도
아무거나 주워 먹거나
아무거나 얻어먹을 수 없는
던져 주는 것을 받지 않는
개성과 품격 있는 인격체로서
거지로서의 자부심 하나로

세상을 달관하며
주변 환경에 충실하게
착하게 살아온 거지답게

거지 위에 거지 없고
거지 아래 거지 없는
언제나 거지는
인간다워야 합니다.

봄이 오면

어느 순간
떠오르는 얼굴 있으니

한 번쯤
보고 싶은 사람 있으니

그 사람은
바로 당신입니다

당신이
나를 잊었거나 말거나

먹깨비

오른손을 백로의 목처럼
길게 늘어트려
젓가락이 부리가 되어버린
넘사벽 넉살 비법으로
표정 없이 사정없이
눈앞에 먹잇감을 향한다

치열한 삶의 현장에서
오직 목표만을 향한
고도의 집중력
교묘하고 노련한 움직임
어디론가
사라진 것에 대해
어리석은 미련을
가질 필요는 없는 법

고상한 품격과 상관없이
인생이란 어차피
욕심에서 시작되고
솔직한 감정으로
본성에 충실했을 뿐이니

* 먹깨비 : 뭐든지 잘 먹고 많이 먹는 사람

생존전략

삶아지고 두드려져
울퉁불퉁 메줏덩어리
그걸 닮아버린 인간
나를 보고
메줏덩이라고 한다

경이로운 아침이 밝아도
눈을 뜨고 싶지 않았다
내가 주인공처럼 살지만
나 하나쯤 사라져도
세상은 아무 일 없는 듯
간장이 되든 된장이 되든
잘 돌아갈 것이니

거짓말이 거짓말을 시켜
세상에는 많은 일이 있고
누군가 행복하기도 하지만
내가 살아 있는 한
어제도 오늘이고
내일도 오늘인 것을

검버섯 피어난
목 매달은 메주처럼
인간이 만든 지옥에서
따뜻한 밥을 먹고 싶다는
목숨같이 절실한
원초적 생존 욕망을 찾아

영혼까지 중화 시켜줄
완벽한 메주로 살다 보니
바램 없이 살다 보니
나이마저 잊었지만

모든 사람에게
좋은 사람으로 살다가
삼십 년 후엔
저 달이 어떻게 달라졌을까
정말 보고 싶을 뿐이다

* 메주 : 부족한 사람을 말하기도 함

나의 구름은

살금살금
땅거미 다가설 때
배설물에 꽃이 핀 듯
파리 주제에
외피가 번쩍이는 쉬파리
끝을 보고 싶지만
두 손 싹싹 빌고 있으니
저 또한 자연의 섭리려니
망설이며 돌아선다

노을 속에 피어나는
야속하게 아름다운
작은 인연의 조각들은
따스한 불씨 되어
화롯불처럼 숨 쉬고

당신의 거절함을
거절할 수 없지만
진실을 바라는
당신 향한 울림은
구름처럼
온갖 형상으로 변해간다

별빛 속에

얼굴만 들어도
쏟아질 것 같은
별을 볼 수 있는데
제대로 별을 본 적 있었던가
이렇게 오랫동안 하늘을
바라본 적 있었던가

눈에 보이는 것이
전부가 아니듯
세상이 흐릿해도
그대 생각함은
별빛만으로도 충분하니

귀여운 생명체가
별들 속에 존재하여
넋을 잃은 듯
고요한 밤하늘만
마냥 바라볼 수밖에

돈까스

불공평이 공평이 되고
불편함도 당연히
편안함이 되는 모순 속에
어떻게 귀여운 생명체가
될 수 있을까

삶에 도움도 안 되는데
아랫배가 넉넉하면
인격이라 하고
보릿고개 때에는
금수저로 알았지만

무게중심이 앞에 있어도
넘어질 땐 뒤로 넘어지고
배가 불러도 허기진 듯
무언가 허전하고 부족하여
뭉글뭉글 둥글둥글
뱃살만 출렁이며 흔들린다

가진 사람 없는 사람
잘나고 못나고
차이가 있어야 하나요
작다고 모두
귀여운 것은 아니듯
살은 살이 아닌 풍채는
흘러넘치는 품격 1퍼센트를
바라보는 시각차로
다르게 보이는 것이니
이 정도에 놀라지 마시고
인심 후하게
마성의 매력으로 봐주세요

꽃보다는
거울의 법칙을 준수하는
꽃 속에 꽃이
진정 꽃인 것을

닭이 먼저

무정란은
생명체일까
아닐까

유정란은
홀로 부화
할 수 있을까

난전에서

쌉니다 싸요
싼다는 소리일까
싸다는 소리일까

간이며
쓸개까지 내 줄 듯
공짜로 가져가라는 듯
손뼉 치고
발을 구르며
애걸하지만

간이며
쓸개까지 내줘도
못 믿을 난전

인간 선언

밤바다처럼
달빛에 반짝거리며
흰 눈이 겹겹 쌓여
속세의 모든 것을
감추려는 듯
하나로 보인다
세상 전체가

세상은 하나인데
날마다 다른 모습이다
원래부터
그랬던 것처럼

돌이켜 보면
한 것도 할 일도 없으니
남은 시간
이젠 뭘 해야 하는 걸까
만신창이 가슴에
소금이라도
한 줌 뿌려야 하나

늦기 전에 내 삶의
본모습을 찾기 위해
시간차 시각차 사색들이
눈꽃 송이처럼 하나둘
흐드러지게 피어나는 밤

행복한 기대감이
달빛처럼
사르르 퍼져나간다

신의 뜻은

종일 먹이고 잠만 재우던
얽매인 180일 삶에서
화물차는 도축장을 향하는데
철창 안에서 마저 편안히
죽음으로 가는 길을 모른다

신의 창조를
조작하고 배반하며
다른 생명을 사육하고
다른 생명의 생명을
결정할 권한이 있나요
인간이.......

늦기 전에

금이빨을 산다는데
누구의 이빨을
누구 맘대로
산다는 것일까

하지만
그러그러 하다하니
뽑히기 전 시작하세요
하고 싶은 일
속에 차오르는 말
있는 그대로 하다 보면
만신창이 가슴에
꽃 한 송이 피어날지니

본래 마음 아니라도
늦기 전 후회 없이
할 말은 하시고
할 일이 있다면 하세요

떨어지는 낙엽 하나
어찌할 수는 없더라도

조회 시간

앞줄이 삐뚤빼뚤
뒷줄이 흔들흔들

앞에서 재잘재잘
옆에서 소곤소곤

오늘도 삐약삐약
언제나 알쏭달쏭

쇼생크 탈출

수족관에서 탈출하려
늘보처럼 늘어지고
코알라처럼 자는 듯
슬그머니 살금살금

잡힐라 들킬라
여덟 개 발끝부터
숨죽여 위장하니
자유가 보일 듯 말 듯

육신이 조각나도
꼼지락꼼지락
흡반들의 힘찬 저항
죽어서도 갈구하는
"자유"
소리 없는 아우성

* 흡반 : 낙지다리에 있는 빨판

아름다운 동행

흐릿하게 바닥을 쓸며
구부러지고 흐트러져도
말없이 순종하며 따른다

숨겨진 삶의 기억들과
본래의 모습들이
어둠에 사라지지 않도록
공존을 향한 반대편에서
바람에도
날리지 않는 그림자는

해바라기처럼
하늘을 사랑하여
쉬고 싶지 않을 뿐이다
따스한 곁을
떠나고 싶지 않을 뿐이다

당신이 사라진다고
내가
죽는 것은 아니지만

사춘기처럼

괜스레 빨간색이
사춘기처럼
그리워질 때가 있다

반바지에 넥타이로
대로를 활보하고 싶고
장미 한 송이를 그녀에게 주고
매운 떡볶이 먹으며
정열적 사랑을 하고 싶고

빨간색이 그리워질 땐
들장미 틈새 석양을 향해
심장 두근거리는 낭만으로
설렘에 취하며
내 청춘 보듬고 싶어진다

그리워하자

지금, 이 순간도
과거가 되어가는
순간순간의 과정으로

오늘은 어제가 아니고
내일은 오늘이 아니어도
오늘의 나는
어제의 나이고
내일의 나로서
나는 언제나 나인데

세상 고뇌 모두 짊어진
자기만 멋진 줄 아는
이기적 무신경으로
나에 대해
제대로 알지 못했다 해도
내가 살아있음에
현재의 내가 있음이니

잔잔하게 흐르는 과거나
안개 속 미래라도
진솔하게 돌아보며
아주 조금만 더
이 순간 하나하나를
그리워하도록 하며 살자

술지개미

술을 마시고 싶어
마시는 것이 아니다

어차피 돌고 도는 세상
볼그스레
하늘이 뱅뱅 돌아도 좋다
술은 번뇌에 특효인데
내 어찌
마시지 않을 수 있을까

뱃속이 든든 탄탄하니
세상 부러운 것이 있던가
취하는 줄 모르고
배가 고파
먹어야 했던 술지개미

술에 취하고 싶어
취하는 것은 아니다

동짓날이면

동짓날이면
할머니와 어머니가
검붉은 팥죽을 끓여

장독대에 한 사발
한 바가지는 출입문과
집주변에 뿌리고
한 그릇은
집 앞 사거리에 놓고
열십자를 그은 후
가운데에 부엌칼을 꽂아
액땜을 기원하던
그 모습들이 눈에 선하니

어르신들의 정성으로
지금까지 탈 없이
잘살고 있는 것은 아닐까

열심히 살았나 보다

같은 글자가 유일하게
나란히 서 있는 11월

아무리 예뻐도 어항을
벗어날 수 없는 금붕어처럼
울안에 갇힌
멀고 먼 친척처럼

껍질을 벗겨 놓으면
어차피 별 볼 일 없듯
아무도 없을 때
강해지는 안개꽃 조연으로

풍족했던 머리로도
넘지 못할 정신세계에서
이상한 사람들 사이에 있으니
오히려 내가 비정상인가
아니면 더 미쳐 버린 것인가

오늘의 낙조는 어제만큼
아름답지 않았지만
달을 좋아하지도 않는다
달하나 밝으면
수많은 별들 사라지니

해가 져도 내일은
어김없이 해가 뜨는데
언제나 세상은 하나인데
한길만 향하다 지쳤어
이젠, 설렁설렁 살아야겠어

너무
열심히 살았나보다

2부

7일 천하

누런 콩 한 바가지
한나절이 되도록
냉수에 수장시켰다가
시루에 옮겼더니

보자기 밑 어둠 속에서
공간의 틈새 소리 엿듣던
고만고만한 녀석들이
바글바글 와글와글
도레미 도레미
머리 숙여 인사를 한다

하늘 한번 보지 못하고
흙 내음
바람 한 점 없는
맹물만 마셨는데

그래도
살아 있다고

새가 되어

내가 펄쩍 뛰어서
나무 위에 올라설 수 있을까
내가 펄쩍 뛰어서
저 산을 넘어설 수 있을까
끝없는 상상 속

파릇파릇 열두 살 인양
생각보다 내가 더
대단한 사람인 것처럼
오늘만 사는 사람처럼
어둠과 변화에 익숙하듯
목적 없이 무리하게
온갖 잡생각으로 주억대다

풀벌레 소리 없는 고요 속
함석지붕에 땡감 떨어지듯
하늘과 땅이 빛을 잃듯
어느 순간 내가
사라질 수도 있다는 것을
생각조차 못 했었다

쥐구멍에 해 뜬 날

벼 몇 포기
무릎으로 받쳐주며
와사삭 잡아당겨 벼를 벤다

다랭이 논에서
벼를 벤 후에는
논둑에
지그재그로 가위처럼
일렬로 볏가리를 세운 후
논둑에 쥐구멍을 판다

쥐들이 준비한 미로 속
월동용 저장 창고에는
상당량의 벼 이삭들이
저장되어 있는데
다람쥐처럼 숨겨놓은 것을
미안하지만
다시 뺏어 내는 것이다

* 쥐들도 저장하는 습성이 있음

날개 없는 천사

꽃을 가꿀 줄 모르는
꽃을 볼 줄 모르는
자아도취와 허영덩어리에
불변의 고집불통이
나를 닮으라는 것도 아닌데
우연히 나를 닮은
한 여자를 만났습니다

그 여자를 처음 본 순간
두레박 타고 내려온
하늘이 주신 선물처럼
추레한 내 눈에는
세상에 보이는 것은
오직 한 사람뿐
정말 아무 생각나지 않았고
그저 넋을 잃었었지요

이토록 사랑하고
무엇을 줘도 아깝지 않은
세상 유일한 사람이

언제나 곁을 지켜 주며
나만 바라본다는 것은
얼마나 큰 행운인가요

나에게 미모를 낭비하는
고운 품격에 우아한 여자
바라보는 것만으로도
아찔하도록 눈이 부신
이런 여자가 내 여자였기에
꽃길만 걷게 하고 싶었는데
내가 선택한 결과를
나를 선택한 결과를
후회하게 하고 싶지 않았는데

단편적 상식이 순수 열정으로
바로 전환되는 것 아니듯
나를 바라보게 하는 방법을
본래 배우지 못했으니
다른 사람을 안다는 것이
얼마나 어려운지 몰랐었지만

함께 가는 이 길이
아무리 험한 길이라 해도
당신과 함께 찾아온
아름다운 시간들을 위해
투정 부리고 방황하는
못난 사람 되지 않을게요

예전과 다른 눈으로
당신만 바라보며
당신만을 위해 살아가는
다음 생에도 다시
당신을 찾아가는
그런 사람 될 겁니다

날개가 없어도
나로 하여금 당신을
사랑할 수 있게 한
감사한 선물이니

만두 예찬

주름진 듯
조그만 만두에는
세상의 맛이
온통 들어 있지요
고기와 수많은 야채 재료
다양하게 버무려진
오묘한 맛

껍질과 속이 다르니
겉만 보고 알 수 없는
먹을수록 맛깔 나는
고이 숨겨진 미혹의 맛

그러니 이토록 화끈하게
당기는 것이 아닐까요

맛있는 시간

시금치 맛살 단무지에
당근과 계란말이를 썰고
고슬고슬 쌀밥과 돌돌 말아
맛있는 김밥을 만든다

시간도 송송 쪼개서
찬합에 넣어두고
화려했든 삶으로
필요할 때마다
다시 찾아갈 수 있다면
얼마나 좋을까

김밥 속살처럼
한 조각 한 조각

개는 개

모기 하나 덤벼도
질겁하고
더욱이 개 짖는 소리엔
놀래 기절한다

밥줄에 목줄 채워진
개가 개소리를 하는데
짖지 말라 하는 것은
무리한 요구이고
따라서 같이 짖는 것은
개 같아서 싫다

개는 개 같이 키워야 하고
개는 개 다워야 하는데
꼬리를 접으며
개가 주인을 넘어선다면
개가 주인이 되고
인간이 목줄 채이는 것

변하는 세상을 따라
개 같은 개에서
개 같으신 분으로
사라락 사라락
묵묵히 인간이 끌려가며
개소리가 풍년이니

목줄 사이
기묘한 대치 속에
인간의 거울이 보인다

일락사에서

성큼 다가온 가을
사자머리 감투봉을 보면
불바다로 온 산이 타는 듯
황혼이 익어 가고
금북에 이어진 산줄기들은
파도가 일렁이는 듯
여인의 치맛자락이
품어 안은 듯 포근하다

댓잎이 허공에 칼질하니
하늘이 조금씩
핏빛으로 물들어 가고
노을 속으로 모락모락
솟아오르는 저녁연기
어둠이 흐르기 시작했다

달빛마저 사라져
안개꽃 잔별이 흐르는 밤
세상을 밝혀주는 자비로
촛불 앞에 숙연해질 때

아무리 어두워진다고 해도
어둠이
촛불 하나 삼키지 못하고
아무리 어두워진다고 해도
내가 사라지는 것 아니니

오늘이 즐거워야
내일도 즐거워진다는
일락사의 정경

* 일락사日樂寺 : 서산시 해미면 소재 사찰
* 금북金北 : 금강 북쪽에 있는 산줄기(정맥)의 하나

꽃잎으로 식사

아카시아 가시를
가시로 볼 새 없이
살고자 부둥켜안으며
하얀 꽃잎을
하얀 쌀밥으로 알고
하루 세 끼 버텨오던 시절

짐승이 먹으면
인간도 먹을 수 있다는
초근목피의
처절한 삶의 투쟁

자연 모습
그대로 살아가던
추억이 된 교훈

별난 취미

담배꽁초 빽빽이 심어져
뿌연 연기 자욱한 곳에
커피포트가 울부짖고
쓰리 고에 피 박을 당해도
강냉이 먹으며 구경하듯
허허실실 웃어가며
어물전 꽹이처럼 멀뚱멀뚱

단순 우정을 넘어선
세월과 역사를 공유한
친구 사이라 해도
밥 사는 것은
시원 섭섭 즐겁지만

오가는 현찰
싹트는 감정은
동전만 잃어도 표현 못 할
사생결단 고스톱

쑥대밭

등 굽은 할매
등 굽은 호미를 들고
쑥대밭이 되어버린
깊은 골 고랑에서
잡초와 전쟁을 한다

쥐어뜯고 캐어내도
쑥쑥 커나가는
쑥을 보며
한숨만 절로 나오는
쑥과의 전쟁

쑥은 쑥으로
인간은 인간대로
살아야 하기에
등 굽은 호미만큼
등이 굽은 할매

양반 정신

멀건 멀국을 바라보며
멀국으로
조금만 주세요

줘도 그만 안 줘도 그만
건더기 달라고 할
용기마저 없으니

서로의 체면상
양보하듯
국멀국 조금만 주세요

투자에 비례

흩날리는 꽃잎처럼
살며시 어깨에 내려앉으니
하얀 눈송이가 오늘처럼
예쁘게 보인 적이 없다

이렇게 아름다운 날
누구에게 전화를 해볼까

이기적으로 마음껏
나에게만 베풀고
내가 모르는 사람은
데면데면 대했으니
그냥 타인일 뿐
정을 나눌 사람 없다
차 한 잔 식사 할 사람
연락할 사람이 없는 거다

나이만큼 그리움이 오고
외로움이 온다는데
나에게 간절했던 사람도
나처럼 그리워하고 있을까

나 홀로 사는 것이 아니고
이 세상이 내 것도 아니련만
사람 사이 관계 설정이
어디서부터 잘못된 것일까
무엇이 문제였을까

비익조

사람이 그리운
사랑이 그리운
메마른 지구 위에
우리가 살아온
꽃 한 송이 피어나

이 꽃이 시들고
이 꽃이 지더라도
어딘가 하늘 아래
사랑했다는 의미를
누군가 공유한다면

당신이 살아갈
삶의 한 기억 속에
한 줌 남아 있다면
비익조가 아니래도
사랑은
그대로 살아있는 것

뱀딸기

마당 가 잡초를 뽑아내
한쪽에 던져두고는
생각조차 하지 않았는데
어느 날 거기에서
귀여운 열매를 보게 됐다

오가며 바라보았어도
알고자 하지 않았기에
알고 싶지도 않았기에
살아야 할 가치 없는
버림받은 잡초임에도

으스스 습한 곳에서
수줍어 숨은 듯
볼그스름 피어난
첫사랑 닮은
딸기 같지 않은 딸기

정자나무에서

황량한 찬바람에
누울 곳을 찾아
낙엽이 떼로 몰려다니고
한여름에는
우산처럼 보이던 정자나무가
푸른 하늘을 향해
가시가 솟은 것처럼 보인다

육신을 에이는 북풍한설
가슴이 뚫린 듯
귀신같은 소리도 익숙하게
긴장과 불만 속 하루하루를
치열하게 살고 있더라도
인생은 특별한 것
자기 삶의 주인공인 것

세상을 사랑하는 일이란
자기 삶을 사랑하는 일이란
아무리 삭막한 세상을
살아간다 하더라도 조금은
너그러워질 필요가 있는 거다

과거를 바꿀 수 없지만
살보다 뼈가 많아도
삶은 계속 진행되고 있으니

잔디에 누워

내가 잔디에 누운 것은
멍하니 하늘을 보며
흘러가는 구름을 보고
그냥 웃고 울고 고뇌하며
내 인생 내 욕구대로
소탈하고 충실한
여유를 갖고 싶었을 뿐

내가 살아야 세상이
존재할 가치가 있는데
나를 위해
살아온 것은 얼마나 될까
세월과 육체 사이에
인간이 무얼 할 수 있을까
나에게 주어졌던 기회를
이미 다 써 버린 것은 아닐까

뿌리와 잎은 보지 않고
여리여리하게
꽃만 보고 살았으니

살아야 할 가치가 없다면
신이 되고자 않는다면
내가 할 일
나의 역할이 없다면
인간 세상에
허물만 남겨놓고 조용히
사라져야만 하는 건가

어둠이 스멀스멀
스며들고 있을 때
못생기고 바보 같은 나를
무작정 이해하며 사랑하는
세상 유일의 생명체가
고슬고슬 밥 짓는
냄새를 풍기고 있음에도

그대 그리운 날

둥그런 달 하나
덩그러니 걸려있어
달이 달다워질 때

바람이 스쳐 가듯
달에게 저의 안부를
속삭여 보셨나요

인간 내음 범벅된
우리들 그림자는
아직 남아 있다 하던가요

묻고 싶었어요
내 생각 하루에
몇 번이나 하셨나요

거시기

남자는 돌아서면 되지만
두 손이 부자연스럽고
여자는 가릴 곳이 많지만
두 손이 자유로운 곳

아버지

살다 보면 세상일이란
언제나 자기 뜻대로
돌아가지 않는 법인데
잡초는 바닥에서
살아야 하는 법인데

껍질까지 벗기려는 듯
세찬 바람에 매달린
애벌레 같은
처절한 몸짓에서
본능이 이성을
이기는 일이 없도록
마음을 추스르고
우아하게 날아가도록

세상 모든 기쁨에 대해
세상 모든 슬픔에 대해
누구도 줄 수 없는
가르침을
저에게 주셨습니다

3부

상엿집

인적 없는 산모퉁이
후미진 으슥한 곳
난데없이 큰 나무가
바람에 흔들리더니
망자의 흐느낌처럼
상여꾼 요량 소리처럼
어지럽고 괴기한 소리되어
품 안으로 스며든다

잘난 사람 못난 사람
금수저 흙수저
죄인이거나 성인군자라도
이승에서 저승으로
모두 평등 평범하게
타고 가던 꽃가마인데

무슨 사연 남아있었나
할 말이 남아있었나
열심히 살던 분들이기에
모두 좋은 곳 갔으련만

지나갈 때마다
으슬으슬 소름 속
가슴 떨리며 숨이 막히니
먼저 가신 분들의
명복을 빌며
잽싸게 지나가지만

뒤에서 슬며시
잡아당길 것 같은 곳

거울 앞에서

자기의 운명은
자기가 결정하는 것인데
나이테를
이마에 두르다 보니
어쩌면 눈앞에 세상을
마지막 보는 것은 아닐까
거울 보기가 겁이 난다

벅찬 현실에
내세까지
바라는 것은 아니지만
꽃가마가 편한들
액자 속이 편한들
무슨 소용 있을까

지난 세월 돌아보니
언제나 내가 있던 곳이
가장 큰 세상이었음에도
앞만 바라보다
현실을 놓치고 말았으니

남은 생애의 첫날
이제는 현실을 위해
꿈에서 깨어야 하겠다

꿈과 추억

감꽃으로
목걸이를 만들고
토끼풀꽃으로
반지를 만들어 주며
버드나무 피리 불던
찔레꽃 순 아카시아꽃
보릿고개를 초근목피로
주린 배를 견디던
그때가 그립다

벽장 속에서
책상 서랍에서
잠자던 추억들이
그리움으로 살아나니
그 힘든 순간들이
얼마나 행복했었는지
이제야 알 것 같다

누군가에게 기억되고
소중한 사람이 되고
작은 것에서
행복을 찾을 수 있다면
자기 할 일을
자기 하고 싶은 일들을
다 할 수 있다면
아름다운 삶이 아닐까

하늘과 땅에
꿈과 추억이 공존하니
이토록 우리 삶이
행복한 것 아닐까요

사랑해야 할 이유

내가 당신이 아니듯
당신은 내가 아니고
당신이 내가 아니듯
나도 당신이 아니지만

한 공간에서 같은 목표로
서로의 청춘을 응원하며
경험과 감정을 공유하는
필연적 공동체가 되어

내가 당신의 손발이 되고
당신이 나의 손발이 되어
우리 하나가 된다면
세상이 넓다 하지만
무엇이 우리를
막을 수 있을까요

우리 만남으로 인해
서로를 닮아가는
서로의 거울이 되어

당신이 행복해질 수 있는
우리는 이 세상의
주인이 되는 겁니다

인간이 감히

하늘에서 내려주시는
가랑비 이슬비 보슬비
봄비 가을비 안개비
밤비 소나기 장대비 단비
겨울에는
우박 함박눈 싸락눈
가루눈 진눈깨비

작건 넘치건
하늘에서 내려주시는
소중한 은총인데
인간이 감히
자기들 편하도록
이름을 만들어 부르고 있다

고장 난 세월

노후 탓인가
기력이 다 되었는가
시계가 멈추어 섰다

저 시계처럼
세월도 고장 나거나
제자리 멈출 수는 없을까

시계는 멈춰 서도
하루 두 번이나 맞는데
세월은 멈춰 설 줄 모르니

시절

시절 앞에서
시절 시절 해서
시절인 줄 알았더니
시절 이란다

시절보고 시절
시절 보고도 시절
시절 시절 하지만
시절이 시절이기에
시절은 시절일 뿐

시절이나 시절을
시절 시절 하다 보니
시절도 시절이고
시절이 시절 되는구나

* 시절 : 시기나 때, 바보, 시에서 운율 등

사랑 이란

내가 꽃이라면
당신도 꽃입니다

당신이 꽃이라면
나도 꽃이 됩니다

우린 누군가에게
필요한 꽃들 입니다

다른 듯 같은
서로의 꽃입니다

계절 회귀 季節回歸

낯선 설렘 속에
봄이 오고 겨울이 가고

다시 또
계절이 오고 가는
계절의 회귀 속에
그만큼 성숙해졌지만

계절이 다시 돌아와도
내일을 바꿀 능력 없고
어제와 오늘이
날마다 달라 보여도
삶의 회귀는 없으니

할 일도 많은데
나에게는 늙어 가고
죽어가는 과정일 뿐이다

마른 꽃

꽃인 듯
꽃이 아닌 듯
찢기고 바스러져
볼품없는 몸이지만
나도 한땐 꽃으로서
사랑을 받았었답니다

나에게도 봄이 오고
다시 꽃이 될 날
기다리고 있는 겁니다

모두가 나를
기억해 주길 바라며

덤으로

마트에 가면
마음 약한 나를
유혹하는 것이 있으니

필요 없이 덤으로 사게 되는
소금에 절인 배추처럼
처졌다가 살아나는 지름 신

집에 가나 마나 눈총인데
공짜 같은 1+1
순간 마력에 술술 넘어간다

조잘조잘 냄새 풍기는
곱상한 친구나 하나
덤으로 얹어 줄 것이지

어버이날에

성장한 동물이
어미 곁을 떠나듯
하얀 민들레 씨앗
바람에 날려 천리를 가도
뿌리는 항상
제 자리에 있는 법

파초선

호박꽃도 꽃이라며
꽃이 아닌 듯
꽃이라 말하지만

뚝 떼어서
머리에 얹으면 우산
햇살 피해 얹으면 양산
손으로 가면 화장지
얼굴로 가면 부채
밥상에 오르면 반찬
약용일 땐 잔병 특효
이런 만능 이파리가
무엇인지 아시잖아요

축지법

○○○ 가 어딘가요

조쪽 모 캥이 루
쬐금만 돌아가면 데유

가도 가도 알 수 없는
끝이 없는 시오리길

아뉴 그럴 리 이꺼쓔
나두 잘은 모루지먼

그냥 글리
쭈욱 가면 데는 듀

아침이 와도

수없이 많은 사연
하지 못한 말들
가슴에 움켜쥐고

하루의 반을
잠이 든 듯 아닌 듯
꿈인 듯 아닌 듯
몇 번씩 오락가락해야
여명이 노크를 한다

내가 당신 꿈을 꾸면
당신도 나와 만나는
꿈을 꾸고 있을까

어제보다
너를 더 사랑하는데
너보다 내가
너를 더 사랑하는데

편 가르기

아무리
날고 기어 봐도
당신들 볼 날은
오늘 하루뿐이로구나

이 지겨운
날 파리들아

행복이란

없어서 없는 듯
있어도 없는 듯
사는 것이
들어도 모른 척
알아도 모른 척
사는 거고
있으면 있는 듯
없어도 있는 듯
사는 거죠

나를 찾아서

진한 달빛 따라
별들이 숨어드는 밤이면
무작정 걸을 때가 있지요

달빛이 너무 환해서
첫눈이 온 듯
온 세상 새하얄 때

우주 질서를 어지럽히는
한 사람이 되어
어릿어릿 가다가 가다가

별빛 달빛이
삶의 빛으로 바뀌면
구름도 벗고
나도 벗어야 합니다

나를 나답게
내가 나를
만날 때까지

사랑했으므로

어둠 가득히 먹구름 낀
그날은 나를 향해
몹시도 억센 비가 내렸지요
눈물 닦아줄 사람 없는
쓸쓸한 마음을 적셔주며
가끔 번쩍이는 푸른 소리

간다는 말은 하지 마세요
그대의 맑은 눈
바라볼 수 있다면
아픈 마음조차 행복인 것을
향기로운 언어와 바램도
함께이기에 의미 있을 뿐
혼자 가지 마세요
제 곁에 있어 주세요

사랑하는 만큼 미워했지만
그대가 떠나가도
나를 잊는다 해도
같은 하늘 아래 있다면

슬퍼하지 않을 거예요
당신이 행복한 만큼
나 역시 행복 하니까

당신을
사랑할 수 있었음만으로
한 인간으로서
행복했었으니까

고정관념

소리 없이 피어도
꽃에 꽃이 있어
너를 상상할 수 있지만

너에게
벗어날 수 없는
정지된 시간 속

너를 바라보는
시각에 젖어
틀 안에 갇혀 버렸다

어찌하여 그대는
나를 잊었나요
어찌하여 그대를
나에게 남겨 놓았나요

4부

돌팔이

귀를 쫑긋
안테나를 세우고
왕눈이 토끼가
두리번두리번 하며
누가 보거나 말거나
실례를 한다

효험이 있든 없든
무엇인들 상관있을까
검은콩 같은
한방 환약 같은
토끼 똥

나를 남기는 법

하나의 삶을 살며
이 세상에
내가 살아 있었음을
알리는 방법으로는

내가 나 자신을 알거나
타인의 기억 속에
나를 살아남게 하거나
내 삶의 전부인
DNA 복제가 있음이니

익산에서

가람도 가물가물한데
호동 왕자 반기듯
아가페 활짝 피어나고

흐릿한 미륵산 추억이
따스한 꽃잎 틈새로
선명하게 피어오르니

미륵사 왕궁터를 돌아
보석 같은 마음으로
선화 생각에 젖어본다

거울 보듯

이제 눈을 감아보세요
눈을 감으면 귀여운 생각에
사연이 담긴 향기
살가운 바람을
느낄 수 있을 겁니다
눈을 감아
모든 것 사라졌음에도
전에 알지 못하던
새로운 것들을 알게 되지요
처음부터 알고 있었지만
하나둘 별빛 헤이 듯
살펴보지 않으면 알 수 없는

저에겐
당신이 그렇답니다

같은 하늘 아래
눈을 감아도
보이지 않는다면
보이는 것이 아니 듯

이름 풍년

하나의 생명체일 뿐인데
지랄 아닌 지랄같이
이름만으로도 풍년이다

동태 황태 동명태 북어 노가리
생태 먹태 짝태 백태 골태 애태
낙태 상태 왜태 조태 꺽태 망태
막물태 깡태 봉태 여름태 가을태
무두태 낚시태 파태 상태 흑태
강태 내태 명태 일태 ~ 십이태

이걸 언제
모두 먹어 볼 수 있을까

보쌈

쌈으로
싸서 먹는 것을 좋아한다

호박잎 취나물 머위 동부잎
미역 감태 뽕잎 콩잎 파래 배추
명이나물 아주까리잎 다시마
만두처럼 본모습을 숨겨
깻잎과 마른 김에 붕장어
곰취와 상추에 삼겹살
넓은 잎만 있으면 싸서 먹는

갖은양념 듬뿍
입안에서 버무려지는
환상적 오묘한 맛을 찾아

그래도 당신

마나님의 무릎 사이로
슬그머니
다리를 올려본다

반응이 없다
나 역시
반응이 없다

살다 보니 세월이
잘못된 처방처럼
심신 부작용으로 변해도

모래시계처럼 뒤집거나
되돌릴 수도 없고
반품 없이 맹종해야 한다

겨울에 피는 꽃

팔자걸음
흔들리는 발자국에
포근한 눈이 내린다

잡으면 사라져
소유할 수 없으니
더욱 아름다운

눈이 녹지 않거나
쌓이지 않거나
흰 눈이 아니라면
삶의 한 토막 가려준들
밝은 세상으로 보일까

겹겹이 쌓이는 숨결은
세상이 하나 되는
신의 축복인 것을

남자답게

파 뿌리처럼
흰머리 되도록
변함없이 살자, 하더니
흰머리 나기도 전에
기어이 나를
울리고 마는구나

울어야 할 일
울어줄 일 아니니
보듬어 주는 사람
달래줄 사람도 없는데
누가 볼세라
눈으로만
숨죽여 슬퍼하며

파김치 되도록
구석에서 애처롭게
파 속에 파묻혀 있다

비밀입니다

내 전화번호
뒷자리는 〇〇〇〇 이다
나부터 잊지 않기 위해
아파트 키 번호는
전화번호 뒷자리와 같다
계좌 비밀번호도 같다

전화 안 받으면
우리 집 열어 보라고
얽매이지 말고
필요 없으니 태워 버리라고

우리 가족만이 공유하는
절대 비밀이다

종손

나는 전 씨 시조인
전섭全聶님의 59세손이고
천안 전씨의 시조인
전락全樂 님의 31세손이며
천안 전씨 중에 삼재공파의 시조인
전후全厚 님의 23세손입니다
그리고 아버지의 큰아들이고
아버지의 아버지인
할아버지의 큰손자로 장손이고
아버지의 아버지의 아버지인
증조할아버지의 증손자이고
할아버지의 할아버지인
고조할아버지의 고손자로서
대가족의 종손입니다

손위 항렬과 맞술 맞담배
할 수 있는 특례가 있는
종손은 조상을 모셔야 하는
종갓집의 제주로서
혈족을 아우르고

밀고 당기며 부흥시켜야 할
발전적 중추적 역할을 해야 할
책임과 의무가 있는
가문의 뼈대이며 대표입니다

너는 나

거울에 비친 얼굴은
절대 내가 아니었다
기껏 몇 살 위로 보이지만
흰머리에 잔주름이 살아있어
아무리 보아도 내가 아니니
인정하고 용납할 수 없다
그래, 누구냐고 물으니
남의 일인 듯
오히려, 누구냐 묻고 있다

완벽하다고 생각했던
나는 어디로 갔을까
내가 나를 삭제 하여
휴지통에 잠자고 있을까
한 인간의 자화상인데
어떨 땐 좋다가 밉고
어떨 땐 미안하기도 하고
저 사람이
행복했으면 좋으련만

반성과 반조로
두 개의 자아가 대치하듯
이대로 돌아서기엔
많은 이야기가 남아있는데
혹시 모를 변수나
만나지 못함이 두렵고

이대로도 충분히 행복한데
이젠 내가
나를 믿을 수 있을까

제대로 미쳐보기

삼류 인생 찌질이가
흙수저로 산다는 것은
먹다 버린 감자탕의
앙상한 뼈다귀처럼
흉측하고 처참하지요

나는 인간다운 사람만
사람으로 알고 취급하고
상대하였기에
잘나가고 잘생긴 분들의
성질 비위 맞추며 사는
비참함을 알 수 없었지요

그래서
고춧가루에 밥 비벼 먹듯
독하게 악착같이
살아야만 했습니다
우습게 보이면 끝장이거든요

앞으로는
비굴하지 않게 당당하게
제대로 미쳐가며
내 맘대로 살고 싶습니다

어두운 밤 지나니
정답을 받은 것처럼
정겨운 햇살 가득하군요
중요한 것은
내가 지금
살아 있다는 것이겠지요

새로운 시작을 알려주는

건강검진

미인계에 넘어간 듯
조금 아프실 거예요
슬그머니 눈마저 감기는
충격적 예고에도
무작정 몸을 맡긴다

수백 마리 모기가 먹을 만큼
귀하고도 아까운
내 몸의 일부가 사라진다
저 피를 만들기 위해
하얀 쌀밥 몇 그릇
삼겹살 몇 인분 뚝딱했던가

고운 피를 바치는 만큼
발가벗겨지도록
건강해지라는 바램으로
멍하니 천정만 바라보았다

강남스타일

신호를 기다리는
마지막 라운드
대기시간은 3분
잠시 숨을 고르다
핸드폰을 들여다본다

친절하게 알려주는
고출력 경적소리
놀래며 튀어 나가도
용서 할 수 없다는 듯
모두 나를 향해 달려드니

잽싸게
고삐를 바짝 조이며
채찍에 채찍을 더 한다

무를 찾다

텃밭 한가운데
숨 쉴 틈 하나 없이
무 몇 개 생매장된
조그만 무덤 하나

시간이 정지되어
흐름 없는 무의 세계
씨앗 없는 어둠 속에서
무엇을 반조하고 있을까
무슨 꿈을 꾸고 있을까
가만히 숨죽여
통통하게 살이 오른
탐스러운 몸을 추스르며
꽃피는 봄날
기다리는 것일까

이를 갈며 주저앉은
서릿발 틈새로
다시 태어나듯
산자의 무덤이 열려도
밝은 세상마저 외면하며

무에서
무가 되려는 몸부림
눈을 뜨고 싶지 않은
소리 없는 소리들

어디에 있을까

변화의 시작은
어디에 있는 것 일까
시간은 흘러 어디로 갈까
소리는 흘러 어디로 갈까
무게가 있어 낙엽이 쌓이듯
어디에 차곡차곡 쌓여 있을까
한 장 한 장 빼어 내어
들여다 볼 수 있는 것일까

옐로카드를 남발하는
은행나무 밑에서
아른아른 계절에 취해
형상을 찾아보지만

흔적은 머무르지 않고
그림자가 어깨를 두드리며
오히려 반문 한다
쿠오바디스
내가 어디로 가고 있는가를

쑥맥

얼른 뚝딱 얼렁뚱땅
괜찮아 괜찮아하면서
굼실굼실 있는 듯 없는 듯
대충대충 살아왔기에
삶 자체가 출렁인다

어둡고 험한 길에서도
맨 뒤에서 어기적어기적
천둥 번개 몰아쳐도 두리뭉실
해가 기울어도 꾸물꾸물
내가 바쁜들 뭐가 달라지나
내 욕구에 충실하며 내로남불

내가 이렇게 얼굴 두꺼운
잠재적 나쁜 녀석은 아니었는데
최강의 엉뚱 생뚱 만발로
독보적 어리벙벙함으로
괴물처럼 완전할 수 있을까
꽃길만 걸을 수 있을까
머리에 과부하 걸리도록
귀가 닳도록 주워들은 기억만
상식 몰상식으로 피어난다

저급 비열로 포장하거나
성실하게 꼼꼼하진 못했지만
복쟁이 몸집 불리는 허세 속
알맞게 빤질빤질하며
장난같이 비실비실 살았으니
집착 없이 설렁설렁 살았으니
맨숭맨숭 가벼울 뿐이지만
살아 본 만큼
뒤를 돌아보아도
바보처럼 나의 삶을
아직도 잘 모르겠으니

이렇게 살아가는 것이
최선의 방법은 아닐 거야
이렇게 살아온 것이
최상의 행복은 아닐 거야

* 쑥맥 : 사리 분별 못하고 세상 물정 잘 모르는 사람
　　　충청도 사투리이며 표준어로는 숙맥임

평론

달관達觀한 현자賢者의 인향人香으로 빚어진 시적 소묘들

전승진 제3집 - 『거지의 품격』론

복재희
문학평론가·수필가·시인

1. 프롤로그 - 자기와의 대면

시는 자기를 쓰고 또 자기만큼 쓴다고 필자는 주장한다. 시의 특성이 곧 개성의 기록일 때 자기라는 중심에서 크게 벗어나지 않음이 그러하다. 하지만 시인은 항상 자기를 버리고 더 높은, 또는 더 근사한 영지領地의 주인인 척 위장僞裝하는 경향이 농후함도 사실이다. 그러나 시의 특성은 항상 자기로 돌아가는 길을 찾는 방랑이면서 방황의 끝에서 돌아온 자기와의 대면에 가슴을 드러낼 수밖에 없음이다. 다시 말해서 시적 장치의 결과 -비유나 은유 혹은 온갖 시적 정치망定置網으로 포장할지라도 그 껍질을 벗기면 알몸의 자기라는 대상과의 조우遭遇에 불과하다는 뜻, 진실과의 만남일 수밖에 없다는 말이다.

시의 탄생은 시인이 살고 있는 저마다의 고뇌 혹은 미래를 바라보는 시선, 아울러 의식을 구성하고 있는 형성의 비밀이나 사상 등의 부유물浮遊物을 수집하여 자기만의 성성城을 지어야하는데, 잘 구축한 성공적인 시인도 있지만 더러는 나열에 난전亂廛을 바라보는 허망도 있을 수 있다. 그러나 어느 것이든 시의 모양에 자기적인 도취가 진설陳設될 경우에는 감동을 수반하는 길이 보이게 된다. 이유로는 모든 시인은 피를 찍어 쓰듯 최선을 다해 시를 창조하기 때문이다.

시는 사람과 사람의 관계 또는 자기를 추스르면서 항상 긴장으로 엮어가는 일상이 시에서도 나타나게 되는데 시인은 어느 경우에도 예리한 탐색의 촉수觸手를 두리번거리면서 사물을 바라보고 또 진솔眞率하게 대면하려는 자세를 가질 때 그가 드러내는 속내의 고아함은 찬란할 수밖에 없음이다. 그 시인의 세계가 크던 작던 불문하고 진실과의 대면이 감동의 일차적인 관건이기 때문이다. 어쩌면 시는 모호하고 암담한 절망에서 희망을 노래하는 역할이 전부이기에 시를 잘 쓰는 법을 안다고 말하는 사람이 있다면 그 사람은 거짓말을 잘하는 사람이라고 밖에 달리 설명이 궁색하다.

시는 해답이나 정답이 없음이라서 얼마나 재치 있고 맛깔스런 맛을 전달하는가의 기교에서 시의 운명은 흔들릴 뿐이다. 어머니의 손맛처럼 치렁치렁한 형용사나 부사 같은 양념은 억제하면서 적재적소에 마침한 시어를 앉혀 독자로 하여금 감동이라는 담백한 맛이게 해야 한다는 추상적인 말이 고작이지만 여기 전승진 시인의 80편의 작품처럼 하나같이 담백한 시어로 감칠맛을 주는 시인도 있으니 시들한 순수문학의 미래가 어둡지만은 않다는 기쁨으로 작품에 다가선다.

2. - 자유로운 영혼의 소유자

전승진 시인의 제3집의 시제詩題이기도 한「거지의 품격」의 전체 옥고를 일별하면서 느낀 인상은 세상을 바라보는 관조觀照의 경지가 맑은 호수에 이는 바람결 같아서 나와 상관을 갖는 대상들이 때로는 물결의 고요를 깨뜨리는 훼방의 역할이 있을지라도 내면의 당당함으로 수평을 이루는 깊은 관조의 시심을 유지할수 있는 자유로운 영혼의 소유자라는 결론에 이른다.

그가 시집 첫 머리에 밝힌 '시인의 말'을 인용해보면

"감히 내가 시인인가
내가 생각하는 대로
내 의지대로 행동하고
내 가치관으로 세상을 바라보며
전문적 지식도 없이
전문적 교육 한 번 받은 일 없이
내 맘대로 언어를 묘사했으니

나를 만족시키기 위해

나를 인정받기 위해

나라는 꽃을 피우기 위해

내 생각을

독자에게 강요한 것은 아닌지

조심스럽기만 합니다

하지만

글을 쓰기 위한 노력이

진실한 아름다움이고

완벽해진 작품보다

정상을 향한 발자국 하나하나

그 정성 자체가 진정한

아름다움이 아닐까 합니다" 라며 시를 향한 화자의 정성이 어떠한지를 밝히는 순수를 만나게 되는데 -탄생시킨 80편의 작품이 전문적 교육 없이 이토록 정교히 빚어졌다니 그의 태생적 인자因子가 아닐까란 결론에 이른다.

화자의 상당히 장시長詩인 「거지의 품격」을 만나보자.

음식을 만드는 것은

삶이 풍요로워지는 성스러운 것

음식을 만들지는 못해도

맛을 볼 줄 알며

맛있게 먹어주는 것은

서로를 위한 상생의 조화

남들은 진수성찬 요구하지만
한술이라도
빨리 많이 먹어야 하는
생존경쟁이 몸에 밴
절박한 사연으로 살아가기에
일단 먹을 것이 생기면
뱃속에 거지가 들어있는 듯
사정없이 먹는 습관으로
주는 꽁 밥 마다하지 않고
맛과 질보다
양으로 승부를 합니다

풍요로운 냄새를 좋아하여
골목길 비린내 호떡집 돌아
자주 가는 식당 골목에 가면
이것저것 반찬을 모아
신 차원의 고급 뷔페 음식인
야무진 비빔밥을 만들지요
모양새가 개밥 비슷하여도
만든 자의 성의와
죽은 것에 대한 예의상
버리기보다는
이렇게 해결 한답니다

인간은 내 버려둬도
때가 되면 예외 없이

알아서 죽어 가지만
살아남은 거지는
죽거나 자살한 영웅보다
훨씬 값진 존재이고
존재하기에 배가 고픈 것
인간은 밥심으로 살아가기에
밥 한술에 감격하고
밥 한술에 봄날이 되어
살아있음, 자체만으로도
행복을 느끼게 되는 겁니다

태어날 때부터 거지인 사람
어디 있을까마는
거지같이 거지로 살아온
얻어먹는 비렁뱅이라 해도
하늘이 나를 사랑하시어
나름대로 생존전략을 터득
이토록 질기게 살아남았으니
죽는다고 억울해하거나
별난 야심이나 미련이
있을 수는 없으며
현실도피도 아니고
삶의 포기도 아니기에
나 자신 처량해도
살아온 인생 살아갈 인생
삶에 대한 후회가 없으니

동정심 보단 공감을 원하지요

인간적 인격적 장애로
거지보다 못한 금수저보다는
육체가 편안한
자유로운 영혼 소유자로서
가진 것 없으니
무서운 것이 없으며
특별히 하는 일 없기에
탈이 날일도 없고
밥그릇만 빼앗지 않으면
인간 모두 친구로 알고
날마다 비박과 노숙으로
아무것도 바라지 않는
진정한 무소유를 실천하니
추하다 해도 고아하게
웃고 싶으면 웃고
울고 싶으면 울고
배가 고프면 얻어먹으며
살아있음, 그 자체만으로도
인생의 승자고
죽는 것보다
잠시 쪽팔리는 것이
나은 것 아닌가요

누구나 공짜를 바라는

거지 근성이 있다 해도
거지로서의 덕목인
길눈과 애경사에 밝아야 하고
단순하게 얻어먹는 것조차
현장 체력이 강해야 하며
거지의 넉살과 눈치는
필수이고 능력이라
무관심과 눈총이 무서워도
아무거나 주워 먹거나
아무거나 얻어먹을 수 없는
개성과 품격 있는 인격체로서
거지로서의 자부심 하나로
세상을 달관하며
주변 환경에 충실하게
착하게 살아온 거지답게

거지 위에 거지 없고
거지 아래 거지 없는
언제나 거지는
거지다워야 합니다.

- 「거지의 품격」 전부

　8연 98행으로 장엄하게 긴 위 작품 전부를 소개하는 것은 필자의 평론분량을 채우기 위함이 아니라 생략으로 처리해버릴 구석이 잡히지 않기 때문이다. 그

이유로는 소책 한권의 분량을 시로 쓴, 미국의 시인 '롱펠로우'의 「에반젤린」처럼 단숨에 읽어 내려갈 매력이 위 작품에 스며있기 때문이다.

화자는 '거지'라는 시적화자를 내세워서 인격적 장애를 지닌 금수저보다 자유로운 영혼의 소유자이고 싶은 화자의 철학을 던져주고 있음이다.

인간 모두를 친구로 알고 아무것도 바라지 않는 진정한 무소유를 실천하는 '거지'는 아무거나 주워 먹거나 아무거나 얻어먹을 수 없는 개성과 품격 있는 인격체이니 그 자부심하나로 세상을 달관하며 거지답게 살고자하는 화자의 깊은 내면을 독자는 만나게 된다.

위 작품에서 '거지'는 빌어먹는 거지가 아니라 크게 깨달은 자 '거지巨知'가 아닐까란 결론에 이른다. 마지막 행에 "거지는 거지다워야 합니다"로 탈고된 작품에서 필자는 '거지다워야 한다'는 시어에서 한참을 서성인다. 얼마나 많은 은유가 내포되어있는지 먹먹할 뿐이다. 우리는 과연 시인다운가?!를 스스로 반문하면서 자유로운 영혼의 소유자인 전승진시인의 시적여정에 문운이 환하리라 엄지 척을 남긴다.

3. - 현처賢妻는 하늘이 내린 가장 큰 축복

사랑은 조율調律이자 조화調和로 정의를 내리고 싶다. 왜냐하면 이질적인 서로의 삶이 하나로 통합하는 양보이자 겸손이 요구되는 것이기 때문이다. 거기에서 가정이 순탄해지고 자녀들에게도 정서적 안정을 주어 제2의 성품이 잘 발달하게 하고, 사회의 멋진 구성원으로 성장 시킬 수 있는 밑거름이기 때문이다. '아내'라는 이름이 갖는 소명은 바로 남편을 비롯한 온 가족을 행복으로 안내하는 이정표의 역할이 덕목이기 때문이리라.

전승진 시인의 따스한 마음결로 쓰여 진 「날개 없는 천사」에서 그의 표현대로 '한 여자'를 만나보자.

꽃을 가꿀 줄 모르는
꽃을 볼 줄 모르는
자아도취와 허영덩어리에
불변의 고집불통이
나를 닮으라는 것도 아닌데
우연히 나를 닮은
한 여자를 만났습니다

그 여자를 처음 본 순간
두레박 타고 내려온
하늘이 주신 선물처럼
추레한 내 눈에는
세상에 보이는 것은
오직 한 사람뿐
정말 아무 생각나지 않았고
그저 넋을 잃었었지요

이토록 사랑하고
무엇을 줘도 아깝지 않은
세상 유일한 사람이
언제나 곁을 지켜 주며
나만 바라본다는 것은
얼마나 큰 행운인가요

나에게 미모를 낭비하는
고운 품격에 우아한 여자
바라보는 것만으로도
아찔하도록 눈이 부신
이런 여자가 내 여자였기에
꽃길만 걷게 하고 싶었는데
내가 선택한 결과를
나를 선택한 결과를
후회하게 하고 싶지 않았는데

단편적 상식이 순수 열정으로
바로 전환되는 것 아니듯
나를 바라보게 하는 방법을
본래 배우지 못했으니
다른 사람을 안다는 것이
얼마나 어려운지 몰랐었지만
함께 가는 이 길이
아무리 험한 길이라 해도
당신과 함께 찾아온

아름다운 시간들을 위해
투정 부리고 방황하는
못난 사람 되지 않을게요

예전과 다른 눈으로
당신만 바라보며
당신만을 위해 살아가는
다음 생에도 다시
당신을 찾아가는
그런 사람 될 겁니다

날개가 없어도
나로 하여금 당신을
사랑할 수 있게 한
감사한 선물이니

- 「날개 없는 천사」 전문

구약성경 '잠언'에도 '아내' 다시 말하면 현처賢妻는
야훼께서 주신 선물이라 말씀했다. 이 말씀에는 가정
은 인간이 추구하는 행복의 근원일 수 있다는 상징성
을 갖는다고 생각한다. 가정의 원만함이 아내에게서
흐르며 아내는 가족을 자기의 분신으로 생각하는 사
고가 현명한 이유가 될 것이다. 그러나 사랑이 또한 헌
신이 일방적일 수 없는 법. 여기에는 서로를 바라보는
따스한 눈길이 전제될 때라야 비로소 이루어지는 행

복의 성城으로 구축된다 하겠다.

위 작품 역시 장황한 장시長詩이다. 이런 현상은 할 말이 그만큼 많다는 것을 의미하기 때문에 절절하고 깊은 -'한 여자'에 대한 애착을 담은 현상을 암시한다 하겠다. 화자의 시에 기저基底는 언제나 겸손에서 발현되기에 '한 여자'를 대하는 화자의 마음결이 얼마나 따스한지가 감지되는 표현들이 곳곳에 출몰한다.

그녀를 처음 본 순간, 추레한 내 눈에 그녀는 하늘이 주신 선물처럼 아무 생각이 나지 않았다고 표현하며 무엇을 줘도 아깝지 않은 세상 유일한 사람이라고도 표현한다. 더욱이 다음생애도 다시 당신을 찾아가는 그런 사람이 될 것이라고 고백하면서 날개가 없어도 나로 하여금 당신을 사랑할 수 있게 한 감사한 선물이라 칭송하며 마감된 작품이다.

자유로운 영혼의 소유자가 예전과 다른 눈으로 당신만 바라보겠노라고 선언을 하였으니 이 작품 하나만으로도 그녀에게 보은의 선물이 되지 않을까 독자들은 미소로 답한다.

4. - 전승진 시인의 행복 줍기

전승진 시인의 시는 마침한 길이도 있지만 비교적 호흡이 긴 편이다. 이는 자칫 꼬리를 잡힐 우려가 있는 것도 사실이다. 아울러 시는 응축凝縮이라는 특성을 대입하면 할 말이 많아 시가 꼭 길어야 하는 호흡의 문제 앞에 서성이게 된다. 작금의 신춘문예 당선작을 보면 '하이브리드'화 되어가는 경향이 팽배하지만 그럼에도 시는 난해미難解美를 갖추고 줄기와 가지치기 그리고 비틀기와 낯설기로 시의 묘미가 증폭됨을 인지하시리라 믿는다. 시의 특성이 곧 응축凝縮이라는 줄임의 미학일 때 그 전개 방식은 산문과는 달리 가지치기로 군말은 버리고 오로지 줄기만을 위한 표현의 미학이라는 점을 강조한다.

또한 시는 한마디로 비유이기도 하다. 비유의 방도로 이미지의 뼈를 어떻게든 산뜻하게 건져 올리는가의 방법에 시인의 재능이 귀속되기 때문이라 하겠다. 늘이고 펴는 일이 산문의 서술敍述기법이라면, 시는 이런 방법과는 정반대의 방향에서 함축含蓄의 여백을 갖는 일이 우선시 되어야 함이다. 그럼으로 시는 여타 산문의 어떤 것보다 어렵고 지난至難한 기교를 갖는 첫째가 비유의 도구를 앞세우는 일, 물론 시적 전개의 장치에는 리듬과 이미지, 비유 그리고 상징이나 은유, 페러디 등 다양한 구조적인 내포內包가 있을 때 풍부한 표현의 길이 넓어지는 것에서 고급화된 시를 탄생시킬 수 있음도 더 깊은 훈습으로 성취됨을 알고 있으리라.

화자의 온화한 내면의 기품으로 담담하게 풀어내는 시적 기교는 신선하기 그지없으니 훈습을 더함으로 자신의 시적 고급화를 지향하는 자신과의 싸움에서 승리하는 길이 멀지않았음을 인지하시길 바라며 화자의 추억 속에서 빚어진 「꿈과 추억」을 만나보자.

감꽃으로
목걸이를 만들고
토끼풀꽃으로
반지를 만들어 주며
버드나무 피리 불던
찔레꽃 순 아카시아 꽃
보릿고개를 초근목피로
주린 배를 견디던
그때가 그립다

벽장 속에서
책상 서랍에서
잠자던 추억들이
그리움으로 살아나니
그 힘든 순간들이
얼마나 행복했었는지
이제야 알 것 같다
누군가에게 기억되고
소중한 사람이 되고
작은 것에서
행복을 찾을 수 있다면
자기 할 일을
자기 하고 싶은 일들을
다 할 수 있다면
아름다운 삶이 아닐까

하늘과 땅에
꿈과 추억이 공존하니
이토록 우리 삶이
행복한 것 아닐까요

- 「꿈과 추억」 전문

  화자의 작품에는 식물성인자가 돋보여 그 순수하고 신선함은 삽상颯爽하기까지 하다. 거개 시인들의 시종자로 사용되는 자연과 사랑 그리고 먼저 떠나보낸 부모님 등이 시의 주류를 이루지만 에베레스트 산보다 더 높은 보릿고개를 -주린 배를 견디던 그 때가 그립다고 표현한 시인은 드물다.

  과거지향의 시심詩心에는 애달픔이란 뉘앙스가 자리를 지키고 그 때의 고달픔과 아픔 그리고 신산辛酸한 삶의 고비를 위로받고 싶어 하는 보편성을 갖는다면 화자는 남달리 지난 것은 아름다운 자리에 두고 더 성찰하고 오히려 작은 것에서 행복을 찾는 -오롯이 미래지향적인 성정을 지녔기에 어머니 손맛처럼 담백한 시를 탄생시키는 고아한 성품이 작품마다 적셔져 있음을 발견하게 한다. 이는 시인이 지녀야 할 덕목 중에 가장 앞자리에 두어야할 자산인 것이다. 왜냐하면 시詩는 시인 자신만큼 쓸 수밖에 없기 때문이라 답한다.

  서정시에서도 화자의 상당한 시적기교를 만나게 한 수작秀作이 많아서 화자의 시적 여정에 독자들의 기대

치는 높아지리라 믿는다. 화자 역시 그 기대에 부응할
달란트를 태생적으로 지니고 태어났으니 가뿐가뿐히
완수하리라 믿는다.

5.- 전승진 시인의 외강내유外剛內柔

　뉴욕타임즈 베스트셀러 저자이자 하버드대 교수
인 비평가 Arthur C. Brooks는 '시의 언어는 역설의 언
어다'라고 말하는데 현대 시의 이미지 구축의 원리라
는 뜻에 대입하면, 엘리엇의 4월은 잔인한 달(April is
cruelest month)의 잔인殘忍한은 가장 위대하다는 역설
이다. 왜냐하면 4월에 비로소 잔인한 겨울을 이겨내고
꽃을 피우는 달이기에 '위대'는 최상의 강조를 상징한
다고 보면 맞는 것이다.
　'이것은 소리 없는 아우성'〈유치환의 깃발〉도 같은
의미가 성립된다. 시의 언어는 밋밋함을 거부하고 충
격을 앞세울 때 독자의 정신을 쇄락灑落하게 깨우칠
수 있고 이 같은 역설의 모순어법은 관습적인 상식을
파괴함으로써 신선함을 부추길 수 있음에서 진정성을
나타낼 수 있는 방법이라 말한다.
　다음 소개할 작품은 화자 자신을 '숙맥(쑥맥)'이라
는 낮은 자리에 두고 시의 운율을 살려 생동감을 장착
한 작품「쑥맥」을 만나보자.

얼른 뚝딱 얼렁뚱땅
괜찮아 괜찮아하면서
굼실굼실 있는 듯 없는 듯
대충대충 살아왔기에
삶 자체가 출렁인다

어둡고 험한 길에서도
맨 뒤에서 어기적어기적
천둥 번개 몰아쳐도 두리뭉실
해가 기울어도 꾸물꾸물
내가 바쁜들 뭐가 달라지나
내 욕구에 충실하며 내로남불

내가 이렇게 얼굴 두꺼운
잠재적 나쁜 녀석은 아니었는데
최강의 엉뚱 생뚱 만발로
독보적 어리벙벙함으로
괴물처럼 완전할 수 있을까
꽃길만 걸을 수 있을까
머리에 과부하 걸리도록
귀가 닳도록 주워들은 기억만
상식 몰상식으로 피어난다

저급 비열로 포장하거나
성실하게 꼼꼼하진 못했지만
복쟁이 몸집 불리는 허세 속

알맞게 빤질빤질하며
장난같이 비실비실 살았으니
집착 없이 설렁설렁 살았으니
맨숭맨숭 가벼울 뿐이지만
살아 본 만큼
뒤를 돌아보아도
바보처럼 나의 삶을
아직도 잘 모르겠으니

이렇게 살아가는 것이
최선의 방법은 아닐 거야
이렇게 살아온 것이
최상의 행복은 아닐 거야

-「쑥맥」 전문

　화자의 80편의 작품들 중에서 위 작품을 마지막으로 소개하는 것은 시작詩作에 있어서 언어의 전이현상轉移現想을 의식적으로 장착하려는 시도를 독자들에게 깊이 새겨드리고 싶음이다. 의태어 의성어는 가급적 삼가서 시격詩格을 갖추어야함도 시인이라면 익혀야 할 포인트라 적는다. 예를 들어 '하늘'이라는 시어 앞에 '파란'을 쓴다든가 '개나리' 앞에는 언제나 '노란'을 쓴다면 시는 날개 없이 추락하는 격이 되기 때문이다.
　이를 간파看破하고 있는 화자는 "얼른 뚝딱 얼렁뚱땅"이란 시어로 외적인 면과 내적인 면의 상호상승 되는 시어로 운율을 살리면서 위 작품은 전개되기에 수작秀作이라 하겠다.

얼른 뚝딱 얼렁뚱땅, 굼실굼실, 대충대충, 두루뭉술, 꾸물꾸물, 엉뚱 생뚱, 어리벙벙, 빤질빤질, 비실비실 등 반복적인 어휘들이 한 작품에 대거 앉혀져서 화자의 내면을 겸손한 자리에 놓았다는 점에서 상당한 시작詩作의 훈습을 엿볼 수 있는 대목으로 보인다.

누구나 다 들어봄직 하지만 시어로 쓴 사례는 흔치 않아서 식상하지 않은 점도 있지만 위 나열한 어휘만으로도 화자의 성정이 고스란히 보여 진다는 점도 상당한 시적 재능으로 읽혀진다. 돌멩이를 쪼아서 보석이게 하는 연금술처럼 시인은 시작詩作에서는 언어적 연금술사가 되어야함을 아무리 강조해도 지나치지 않음이라 밝힌다.

화자는 마지막 연에서 위 나열된 어휘들처럼 "이렇게 살아가는 것이 / 최선의 방법은 아닐 거야 / 이렇게 살아온 것이 / 최상의 행복은 아닐 거야"라며 다시금 자신의 내면을 점검하는 외강내유外剛內柔의 세계, 다시 말하면 성찰省察의 자리를 확보하는 탄력을 보여줌으로써 제 4집을 기대하게 하는 저력을 보이고 탈고를 한 작품이다.

6. - 마무리에서

전승진 시인의 시는 섬세한 언어 마티에르와 표현

의 기교가 담담하고 순박하다. 물론 현란한 언어 치장이 없다 해도 이미지 전달의 묘미는 충분한 지고至高성을 담고 있어 넉넉하고 푸근함이 인상적이다.

E, Steiger가 말한 것처럼 '서정적인 표현은 우리의 마음을 부드럽게 한다'는 말을 대입하면 전승진 시인이 거기에 적합해진다.

또한 그의 순수한 성정性情이 견고하고 -헤쳐가야 하는 세상의 깊이에 절망의 탄식이 아니고 언제나 희망을 위한 노래가 큰 울림이 되게 하는 수작秀作들이었으며 곳곳에 영혼의 순수함이 오롯이 녹아있기에 여느 작품에서 발견하지 못한 신선함이 그만의 시의 특징이라 하겠다.

한마디로,

전승진 시인의 시詩는 건강하고 담백한 맛깔이 상당히 인상적이었다.

전승진 시인이 바로 그런 시인이란 명징이다.